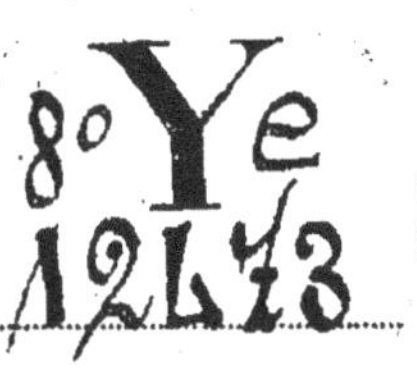

JEANNE-GABRIELLE

Liasse de Poésies

PARIS

" LES GÉMEAUX "

66, BOULEVARD SAINT-GERMAIN, 66

LIASSE DE POÉSIES

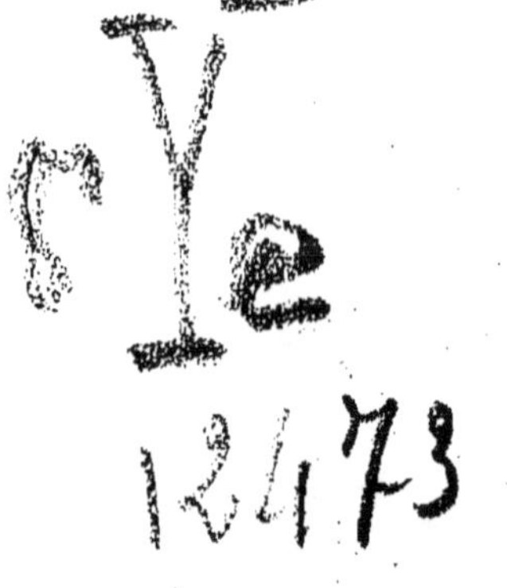

DU MÊME AUTEUR :

Le Début, poème dit par Mlle Dumisnil, de la Comédie Française.

Cerise! monologue dit par Mlle Reichenberg, de la Comédie Française.

La mort du Troubadour, poème dit par M. R. Alléon, du Théâtre de Paris.

EN PRÉPARATION :

Recueil de Nouvelles.

Ami Durand, roman.

Brisebarre, pièce en 4 Actes.

JEANNE-GABRIELLE

Liasse de Poésies

PARIS

" *LES GÉMEAUX* "

66, BOULEVARD SAINT-GERMAIN, 66

MON SOUHAIT

A Mademoiselle M. L.

Vierge pure que j'idolâtre,
Enfant brune de dix-huit ans,
Tour à tour morose ou folâtre...
Tout ton être est un vrai printemps !

Ton haleine que je respire
Est le souffle du mois de Mai,
Et sur ton visage transpire
Ton cœur d'idéal parfumé.

Il ressemble à la grappe blanche
D'un lilas à peine entr'ouvert,
Qui sans méfiance se penche
Sur la feuille d'un tendre vert.

Cette feuille c'est l'espérance
Qui brille toujours en tes yeux...
Je respecte ton ignorance,
Ange, qui te crois dans les cieux !

Le joyeux rossignol qui chante
N'a pas le timbre velouté
De ta voix suave et touchante
Pourtant il part avant l'été ?

L'espérance, ainsi que la feuille,
Se détache au premier grand vent...
Comme le frais lilas Dieu veuille
Que ton âme s'en aille avant !

Paris, 5 Mars 1888.

LA TZIGANE
(CHANSON)

Je suis la jeune Tzigane
Qu'aucun rêve ne troubla...
Ma gaité n'est pas profane
Tra la, la, la,

Je chante et jamais ne pleure —
Le vrai bonheur le voilà :
Sans aimer compter chaque heure...
Tra la, la, la,

Je ne m'attache sur terre
Jamais plus ici que là :
J'entends tout, et sais me taire...
Tra la, la, la,

Souvent l'on m'a dit je : « Je t'aime ! »
Moi je répondais : « Holà !
« Mes amis... c'est un vieux thème ! »
Tra la, la, la,

A ma fière ritournelle
Le plus insolent trembla —
Je veux rester libre et belle
Tra la, la, la,

Cupidon à ma parole
Soumis, toujours s'envola —
Je suis Danina la folle...
Tra, la, la, la.

Paris, Mars 1888.

AU COIN DE LA RUE DU VAL DE GRACE

(CHOSE VUE)

Le simple ouvrier, quand il aime,
A la poésie en ses yeux,
Et s'il n'écrit pas un poème
Il en vit un, ce qui vaut mieux,

L'ouvrière, elle, est si gentille
Lorsque l'amour est son vainqueur,
Que dans tout son corps qui frétille
On sent s'épanouir son cœur.

Je parle de la flamme pure
De deux beaux enfants de vingt ans,
Suivant la loi de la nature
Qui veut que tout aime au printemps.

Ma rue est la place choisie
Par deux aimables amoureux.
Et moi, derrière ma jalousie,
Moi, je les regarde être heureux.

Ils viennent, à l'heure précise,
Midi, chacun de son côté.
Lui, radieux ; elle, indécise,
Comme doutant de sa beauté.

Un grand élan fou les emporte
L'un vers l'autre, et, pressant le pas,
En plein jour (bah! que leur importe ?)
Tous deux s'étreignent à grands bras

Elle, rougissante, confuse,
Cache bientôt son nez charmant
Dans ses menottes, et refuse
Sa lèvre aux baisers de l'amant.

Mais sa bouche à lui se rattrape
En riant sur les petits doigts,
Puis, écartant la faible trappe,
Il dit : Mignonne, tu m'en dois !

Ouvrant sous ses frisettes blondes
Ses grands yeux elle fait : « Demain... »
Ils vont jasant quelques secondes —
C'est elle qui lui tend la main.

Leur labeur du jour les réclame.
Ils se répètent : « A bientôt !»
S'éloignent, reviennent — Leur âme
N'a jamais dit son dernier mot !

Elle est simple, et proprement mise,
Lui porte un veston bleu passé.
Moins bien serait une marquise
Au bras d'un riche fiancé.

C'est qu'il est superbe cet homme,
Tout imprégné de son travail,
Et qu'il est bien plus riche en somme
Que le sultan dans son sérail,

Puisqu'il a l'âme pure et bonne
De ce joli petit trésor
A qui le gourmand dit : « Mignonne,
« Donne toujours et prends encor ! »

— Au revoir ! Midi dix... regarde
Cher ami... » Lui d'un geste prompt
La ressaisit. « Et ça retarde ! »
Fait-elle en lui tendant son front.

Elle s'enfuit, douce gazelle.
Il reste tout seul, attendri,
Et part, en songeant qu'elle est belle
Et qu'il doit être son mari...

Chacun retourne taciturne
A l'ouvrage de chaque jour,
En emportant chaque jour l'urne
De son cœur débordant d'amour.

. . . .

Quand mon œil a perdu leur trace
Qu'ils se sont éclipsés au loin,
Le quart résonne au Val de Grâce,
Et m'arrache au bienheureux coin.

Paris, 14 Mai 1888

BONJOUR BÉBÉ

A mon Filleul M. R.

Bonjour, Monsieur le petit Prince !
Du ciel vous nous êtes tombé —
Donnez votre nez qu'on le pince —
Vous êtes beau... bonjour bébé.

Votre adorable minois rose
A Dieu vous l'avez dérobé,
Dites nous vite quelque chose...
Allons, voyons... Bonjour bébé.

Il ne faut pas téter son pouce,
Ce sucre d'orge est prohibé —
Et pour que votre barbe pousse,
A bas les doigts ! Bonjour bébé.

Oui, c'est une dent qui vous gêne ?
Du paradis tout imbibé
Vous vous résignez avec peine,
A souffrir... Bonjour cher bébé. —

C'est charmant...: vous tirez la langue,
Bijou sur la lèvre courbé,
Eh bien, faites une harangue...
Nous écoutons... Bonjour bébé.

Oh ! vous ne serez pas un âne,
A l'esprit lourdaud, embourbé —
Non, vous avez l'air bien trop crâne...
N'ayez pas peur. Bonjour bébé.

Petit dieu, pour votre service,
Vous n'avez pas besoin d'Hébé —
Nous remplissons tous son office.
Mais vous baillez... Bonsoir bébé !

Paris, Juillet 1888

LE LISERON ET LA ROSE

FABLE

— Liseron si blanc, dit la rose,
Pourquoi ne me parles-tu pas ?
Le blanc liseron dit : « Je n'ose... »
Et puis il ajouta tout bas :
— « Vous êtes belle entre les belles...
— Viens donc me conter ton amour
— Dieu ne m'a pas donné des ailes.
— Ma tige est forte, grimpe autour ! »
Le liseron, tendre et timide,
Obéit — Son calice en pleurs
Effleura la corolle humide
De l'aimable reine des fleurs —

Et dans ce baiser passa l'âme
Du pauvre et fragile amoureux...
Il s'éteignit, subtile flamme,
Trop sensible pour être heureux.

MORALE :

Savourer le bonheur par doses,
Afin de ne pas s'enivrer,
Ne pas trop écouter les roses,
Aimer, mais jamais adorer.

Paris, 9 Novembre 1888

IMPRESSION DE DÊCEMBRE

L'automne est parti... Bon voyage !
Vite changement de décor —
Le vent met les nids au pillage,
Et l'hiver nous revient encor.
L'hiver a bien aussi son charme :
Du fond de son cercueil ouaté
La nature essuie une larme
Attendant un nouvel été.
Dieu, qui de se montrer artiste
En aucune saison n'est las,
Dans un bel écrin d'améthyste,
Fait étinceler le verglas :
Le ciel bleu se fait presque mauve,
L'eau se transforme en diamant
On prépare tilleul ou mauve.

Pour ceux qu'on chérit... c'est charmant !
Puis grelotter... oh ! doux prétexte
Pour ce blottir cœur contre cœur —
Le froid devient l'éternel texte...
Et l'amour rit d'un air moqueur.
Car, si l'on aime sous la branche
Du lilas à peine entr'ouvert,
Près du feu, sous la neige blanche,
On s'adore encor mieux l'hiver !

Paris, 1er Décembre 1888.

POURQUOI ?

Dès que l'enfant pense et bégaie
Tout étonne ses jolis yeux !
De sa voix argentine et gaie
Il lance un « pourquoi » curieux,

Pourquoi ? Tout lui parait étrange
En ce monde. Il ne comprend pas
Comment l'existence s'arrange,
Pourquoi l'on surveille ses pas,

Pourquoi les bonnes, douces choses
Deviennent un danger parfois,
Pourquoi l'on se déchire aux roses,
Pourquoi l'on se perd dans les bois.

Pourquoi son beau joujou se casse,
Pourquoi le bon Dieu fait pleuvoir...
Tout le tourmente et le tracasse,
Il veut apprendre, il veut savoir.

Plus il avance dans la vie
Et plus le monde le surprend —
Pourquoi l'accable-t-on d'envie ?
Pourquoi son cœur est-il si grand ?

Pourquoi se fait-il vieux si vite
Et reste-t-il toujours enfant ?
Pourquoi le méchant qu'il évite
Vient-il le narguer triomphant ?

Homme, il aime... il aime avec âme,
On le trompe cruellement.
Et son jeune esprit qui s'enflamme
Ne peut pas croire que tout ment.

Il se console et prend courage —
A la gloire il court éperdu...
Sur sa tête gronde l'orage,
Et le sentier est bien ardu...

Plus il est bon plus on l'opprime —
Pourquoi lui fait-on tant de mal ?
Cet incessant « pourquoi » l'abime,
Mais rien ne lui devient égal,

Il veut approfondir encore
Notre insondable humanité —
La réponse à ce qu'il ignore
Il l'aura... dans l'Eternité !

Quand il atteint le but suprême
Et subit la commune loi,
Le cœur glacé, la lèvre blême,
Il meurt en répétant : « Pourquoi ? »

Paris, 5 Février 1889

A UN PAPILLON

Salut ! petit papillon jaune,
Sorti d'un arbuste odorant ;
Sur le frais rosier qui boutonne
Viens poser ton corps de safran.

Viens faire ta cour aux fleurettes,
Irrésistible séducteur.
Mais ne trompe pas les pauvrettes, —
Contente toi de leur senteur.

Enivre toi de leur haleine,
Sans oser te risquer trop près...
Leur fraiche âme d'amour est pleine
Et tes serments ne sont pas vrais.

Ton joli vol est éphémère,
O cher et gentil libertin,
Car tu n'as jamais eu de mère,
Et ton cœur balance incertain.

Tes baisers font une blessure...
Rien ne saurait les désarmer :
On croit ce que ta lévre assure...
Hélas ! tu ne sais pas aimer.

Ne trouble donc pas le calice
De la rose et du lis tremblant,
Laisse chaque pétale lisse,
Respecte le beau lilas blanc,

Dis leur, si tu veux quelque chose
D'aimable, mais ne touche pas
La fleur qui vibre à peine éclose—
Ne lui parle jamais tout bas

Admire-la, va, viens, bavarde,
Fais de l'esprit un jour durant
Et si, tendre, elle te regarde...
Va-t-en, papillon de safran !

(Mis en musique)

Paris 9 Février 1889

LE PETIT-FILS

Ils s'étaient aimés à vingt ans...
La destinée inexorable
Avait disjoint leurs deux printemps...
Pourtant elle était adorable,

Il était charmant, mais hélas !
Sans fortune il est dur de vivre...
Leur hymen ne se conclut pas —
L'existence est un fatal livre :

Il épousa, sans oublier,
Une riche et sévère fille.
Elle dut bientôt s'allier
Selon le goût de sa famille.

Mais leur cœur brisé se souvint
Très longtemps de son premier rêve,
Puis la résignation vint —
A quoi bon regretter sans trêve ?

Elle eut un fils et de ce jour
Elle voulut vivre quand même.
En lui recommençait l'amour —
Elle refit un vœu suprême :

Car le bien aimé d'autrefois
Deux ans après devenait père
D'une fille... Une douce voix
Lui dit tout bas : «Espère, espère... »

Beaucoup plus tard un beau matin
Ils se revirent calmes, graves, —
Leurs enfants s'aimèrent... Destin,
Tu ne leur créas pas d'entraves !

On les maria... Leurs vieux cœurs
En eux se remirent à battre.
Du sort ils étaient les vainqueurs
Ils avaient vaincu sans combattre

En voyant le couple charmant
Dans leurs cils brillait la rosée :
Mais ça ne durait qu'un moment...
La place était cicatrisée.

Un soir (oh ! tourment infini !)
Il avait cru son enfant morte...
Ce soir là fut un soir béni :
Il frappa craintif, à la porte —

Sa vieille amie ouvrit, sourit...
— Ah ! comment va-t-elle ? — A merveille.
De ce mal bien vite on guérit...
Grand-papa, le Petit sommeille ! »

Il s'approcha du frais berceau,
Le jeune père, était tout blême,
La mère adorait un monceau
De dentelle et de rubans crême !

Puis la grand'maman souleva
Un tout petit tas de chair rose
Noyé dedans, et l'on trouva
Belle cette mignonne chose !

Alors le grand-papa, joyeux
Se pencha près de la grand'mère
Et lui dit, les yeux dans les yeux
« Osons trouver la vie amére ! »

Le bébé, dans leurs bras tremblants,
Vagissait... ah ! bonneur, tendresse !
Il baisa les beaux cheveux blancs,
Si blonds jadis, avec ivresse...

Puis il murmura tout confus :
« Pardonnez, c'est à lui la faute...
« Je ne le ferai jamais plus... »
Elle murmura, tête haute :

« Mon fils, lui, n'était pas à vous,
« Votre fille est à votre femme;
« Mais le Petit est bien à nous,
« Nos deux âmes ne sont qu'une âme ! »

Pàris, 24 Fevrier 1889

VOILA !

(DEVISE DES VRAIES FEMMES)

C'est là, cher lecteur, la devise
Des femmes... Cela vous surprend ?
Ce seul mot les caractérise,
Il est aussi simple que grand.
La femme nait déjà très tendre,
Qu'on l'appelle, elle est toujours là
Et ne se fait jamais attendre :
« Voilà ! »

Dès qu'elle bégaie elle prie...
Ses mains se joignent constamment;
Elle a besoin d'être chérie —
Elle attire, ineffable aimant,
L'animal, la fleur, même l'ange
Que son regard au ciel troubla —
D'elle tout veut une louange.
« Voilà ! »

Sa mère lui dit d'être sage...
Elle apprend, travaille longtemps;
Puis bientôt s'emplit son corsage,
Elle est belle, elle a dix-huit ans,
Uu jeune homme soudain implore
Ses yeux qu'une fée étoila...
Douce, elle balbutie encore :
« Voilà... »

Et l'époux que sa joie éclaire,
Ravi, l'adore à deux genoux —
Elle s'évertue à lui plaire,
A rendre charmant le « *chez nous* »
Quand il réclame une caresse.
Sa voix, qui jamais ne trembla,
Murmure, éteinte de tendresse :
« Voilà ! »

Un fils lui vient (bonheur immense !)
Son cœur se double tout à coup;
Elle croit tomber en démence
En baisant le cher petit cou.
Au moindre cri, l'heureuse femme
(Mères, vous comprenez cela ?)
Répond avec toute son âme :
« Voilà »

Car sa vie est ainsi tracée;
Faite d'amour ou... de pardon !
Le devoir la tient embrassée,
Elle ne sait pas dire : « Non. »
Et, quand la Mort s'approche d'elle,
Froid tyran que nul n'ébranla,
Elle répète, ouvrant son aile :
« Voilà ! ! »

Paris, 7 Mars 1889

VOIX DU PRINTEMPS

Quand vient le mois de Mai la nature s'éveille,
Tout gazouille à la fois un mot à notre oreille.
Le bourgeon fait voler sa ceinture en éclats —
Nous nous sentons joyeux, adorablement las.
La lourde émotion qui s'échappe des choses
Coule dans notre sang — et, semblables aux roses
Que l'on voit s'entr'ouvrir aux baisers du soleil,
Nos lèvres, reprenant leur sourire vermeil,
S'entr'ouvrent pour humer l'air rempli de tendresse.
On dirait que tout offre une chaude caresse —
Tont parle un doux patois de l'univers connu :
Le gazon effaré, brillant, souple, menu,
Semble dire : « Bonjour ! » Et la branche qui crêve
Et s'habille de neuf, crie à l'artiste : « Rêve ! »
Les arbres, qui l'hiver sont d'un noir de charbon,
Tendent leurs bras aux nids et chuchotent : « Sois bon !

A celui que le monde aigrit et rend sceptique —
Le ruisseau dégelé fait de la gymnastique,
Bondit sur les cailloux, heurte un morceau de bois,
Et fou de joie, il dit de sa charmante voix :
« Riez ! Amusons-nous... ah ! que la vie est douce ! »
Le timide grillon, lui, soulève la mousse...
Il regarde, perplexe, un petit coin des cieux,
Puis rassuré soudain simple, dévotieux,
Il baise lentement la paquerette blanche,
Et dit : « Soyons amis ? » La coquette pervenche,
Nous séduit et bientôt, remarquant notre émoi,
Elle parle à son tour : « Je vous plais ?...Cueillez-moi »
Le soleil d'or, filtrant au travers des nuages
Laiteux et passagers, commande : « Soyez sages ! »
Car il voit qu'enflammé par tout ce renouveau
Notre cœur ne peut plus calmer notre cerveau.
La feuille se défroisse et grandit d'heure en heure —
A celui qui languit elle soupire : « Pleure... »
Les larmes font du bien; la feuille par moments
Verse ainsi que nos yeux, d'humides diamants...
Elle sait combien est utile la rosée...
La rosée est pour l'âme une larme irisée...
Dans l'atmosphère passe un zéphyr, vrai parfum
Qui souffle à l'être vil ces mots : « Sois noble, enfin ! »
Le rossignol, posé sur un rameau qui plie
Au malheureux, répète en préludant : « Oublie... »
On entend bégayer, bien que beaucoup plus bas
L'étoile scintillante — on ne la comprend pas..,

Ce doit être divin ce que mal elle exprime...
Telle pour maint auteur la plus parfaite rime
Est celle qui ne peut glisser de son crayon,
Mais dont il sent en lui s'étendre le rayon —
Echappée à sa ruche une abeille fredonne,
S'adressant à celui qu'on offense : «Pardonne...»
Le lac transparent dit : «Jeunes gens, mirez-vous !»
Et l'ombrage aux amants : «Ne soyez pas jaloux !»
Ravis, nous écoutons ce pieux amalgame
Qui flatte notre esprit et rafraîchit notre âme —
L'azur du firmament ; sous les rayons dorés
De Phébus radieux, balbutie : «Espérez ! »
La fauvette entonnant sa candide romance,
Dit : « Priez l'Eternel ! ». La brise dit : « Clémence »
Au juste révolté... Et plus d'un châtiment
Qu'on avait médité s'oublie en ce moment
Où tout vibre et sourit — Peut-on être sévère
Quand on voit sous ses pas fleurir la primevère ?...
Non, ça rend indulgent et ça rend généreux
D'entendre ce grand cri : «Mortels, soyez heureux ! »
Qui sort de tous les points de la belle nature.
Un manque de bonté serait comme une injure.
Dans ce flot de tendresse ardente et de douceur
Nulle âme ne saurait conserver sa noirceur.
Puis si nous soupirons l'œil en feu, le front blême,
Cet orchestre puissant nous chante en sourdine « Aime ! »
C'est que tout aime aussi : l'oiseau, l'onde, la fleur,
Et que l'on ne peut pas concevoir ce malheur

D'être seul à garder son cœur battant et vide.
A ces nombreuxavis obéissant, avide,
L'homme n'est plus méchant, il pardonne, il sourit,
Il croit, travaille, espère... il ouvre son esprit
A de pures lueurs, il comprend, il frissonne —
Le but du Créateur enfin il le soupçonne,
Il veut y concourir, allume le flambeau
De ses yeux dévoilés — heureux, il devient beau
Et tout à coup il joint sa parole énergique
A l'hymne du printemps, à ce concert magique...
Grave fier, il s'écrie, en mesurant les monts,
La plaine et l'Océan : «Vivons, prions, aimons. ! »

Paris 4 Avril 1889

TRIOLET A UN CONFRÈRE

(AU DOS D'UNE PHOTOGRAPHIE)

Vous voulez avoir mon image ?. .
Mais je la donne rarement.
— De l'amitié c'est le doux gage —
Vous voulez avoir mon image ?
Dire : non, ce serait dommage,
Vous implorez si gentiment...
Cher Monsieur, voici mon image
Que je donne très rarement.

Paris 17 Août 1889

LA DERNIERE ROSE

(D'APRÈS TH. MOORE)

I

Des roses c'était la dernière,
Fleurie à la fin de l'été,
Et sur sa tige prisonnière,
Elle souffrait de sa beauté.
Ses compagnes l'avaient laissée
Pour s'envoler vers le ciel bleu —
Rêveuse, elle semblait pressée
De s'en aller aussi vers Dieu.

II

Et moi, sur cette triste terre,
Je n'ai pas pu la voir languir,
Sans bouton, triste, solitaire...
J'ai voulu l'aider à mourir.

Or, éparpillant sur la couche,
Où gisaient ses charmantes sœurs,
Ses feuilles qu'effleurait ma bouche,
Je l'ensevelis sous mes pleurs.

III

Puissé-je expirer aussi vite
Lorsque mes amis s'en iront,
Lorsque l'Amour prenant la fuite
Aura découronné mon front...
Le jour où plus rien ne vous aime
On ne craint pas le blanc linceul,
Et si le cœur vibre quand même
La mort, hélas ! c'est d'être seul !

Paris 25 Octobre 1889

LA MIGNONNE.

(« NOUVELLE » MISE EN VERS.)

Elle était blanche, toute blanche,
Avec un grand œil noir, tout noir —
Moins frêle semble sur la branche
Le rossignol qui chante au soir.
Son courage fut un mystère;
La rose n'embaume qu'un jour...
Pourtant elle resta sur terre,
Emblême vivant de l'amour,

Elle avait pour mère une sainte
Que la mort trop tôt empoigna...
La Mignonne, sans une plainte,
Longtemps jour et nuit la soigna.
— Mignonne, disait la pauvre âme,
En serrant sa petite main,
Je veux que tu vives... *Sois femme.*
Et Mignonne épousa Germain

Et toujours mince et transparente,
Elle eut la force de charmer
Le jeune époux que la mourante
Avait dit qu'il fallait aimer. .
Elle l'aima, fut son idole,
Un enfant, cher rayon de miel,
Leur naquit — et Mignonne, folle,
Crut voir s'entrebailler le ciel.

Sa fille avait, tendre étincelle,
De sa mère l'œil éclatant;
C'était un doux reflet de celle
Qui, malgré tout, lui manquait tant!
Elle allait oser être heureuse,
La Mignonne, quand (noir destin!)
Avec une blessure affreuse,
Germain lui revint un matin,

Il eut un triste et bon sourire
Pour sa jeune femme... Étouffant
Un sanglot il put encor dire,
« Mignonne, apporte-moi l'enfant.
« Vis et *sois mère*, je l'ordonne.
« Germaine... je veux lui parler...
« Aime bien ta... mère *Mignonne*.
« C'est ainsi qu'il faut l'appeler. »

Et Mignonne vécut quand même ;
L'enfant lui restait à chérir
Veuve, faible et forte... elle l'aime —
A-t-elle le droit de mourir ?
Pourtant le beau petit corps tremble...
La mère Mignonne a bien peur,
Car sa Germaine lui ressemble
Dans sa diaphane pâleur.

Mais, hélas ! plus fragile qu'elle,
Elle n'a ni sa volonté
Ni son énergie, et son aile
S'ouvre par un beau jour d'été —
La Mignonne, sublime artiste,
Soutient son rôle jusqu'au bout,
Sourit, quoique horriblement triste,
Devine, entend et prévoit tout.

Entourant sa gorge oppressée
Germaine chuchote tout bas :
— Maman, viens... je suis très pressée,
Viens au ciel... ne me quitte pas...
— « Mon trésor... ta voix est étrange »
Et, se soulevant à demi,
L'enfant répète : « Viens... sois ange,
Dis, ma Mère Mignonne... Mi... »

Elle expire sous sa caresse
Et laisse inachevé son nom,
Pauvre Mignonne... En sa Détresse
D'abord elle s'écrie : Oh ! non ! »
Puis soudain son front pur se penche...

. . . .

Ayant accompli son devoir,
Mignonne, blanche, toute blanche
Ferma son grand œil noir, tout noir !

Paris 6 Décembre 1889

LE BLUET ET L'ABEILLE

(FABLE)

Par un clair matin, dans la plaine,
Un bluet s'entr'ouvrait au jour,
Et l'on sentait sa fraîche haleine.
Qui conviait tout bas l'amour.

. . . .

Une abeille, fleurette ailée,
Diaphane, en corselet d'or,
Dirige vers lui sa volée,
Le regarde... il lui plait très fort !

— Viens, lui dit-il, oh ! viens, abeille,
J'ai du miel à te prodiguer —
Apporte un baiser. Je m'éveille.
— Non, je crains de vous fatiguer :
Vous naissez seulement, jeune homme,
Puis je n'achéte pas le miel
Avec des baisers. «Dis moi comme
Tu le prends ? » Regardant le ciel
L'abeille sourit : — Je voltige
Autour des fleurs. très, très longtemps ;
Quand elles cèdent au vertige

Je presse leurs seins éclatants.
— Tu n'as pas agi de la sorte
Avec moi, pourquoi donc cela ?
— Je l'ignore, ma foi ... Qu'importe ? »
Le doux bluet étincela.
— Abeille, il faut bien que l'on aime
En ce monde au moins une fois.
— Je sais. C'est la règle suprème...
— Je t'en prie, écoute ma voix.
— Tu le veux ?... Que Dieu nous protége !
J'avais résisté jusqu'ici
Même au lis, au beau lis de neige.
Toi, bluet, tu me plais... — Merci. »
Le bluet tendit sa corolle,
L'abeille s'en fit un doux nid
Et, pleins d'une tendresse folle,
Ils vécurent un jour béni.
Le soir vint. L'abeille peureuse
Voulut retourner vers ses sœurs.
— Près de moi n'es-tu pas heureuse ?
— Notre ruche a bien des douceurs... »
Puis, apercevant une larme,
Au fond du calice azuré,
Elle sentit grandir le charme...
— Que veut-tu donc, cher adoré ?
— Je veux, lui dit-il avec âme,
(Car les bluets, en ont pour sûr !)
Que tu ne songes qu'à ma flamme...

L'œil de l'abeille se fit dur.
C'est que soudain, prise de crainte,
Elle voyait tout alentour
Le bluet, serrant son étreinte,
Devenir un cachot d'amour.
Ses pétales, griffes charmantes,
Lui firent l'effet de tridents
— Décidément tu me tourmentes,
Bluet, j'étouffe là-dedans. »
Mais le bluet se passionne
— Abeille, tu trembles trop tard... «
Elle lutte, il presse... Elle donne
Furieuse, un coup de son dard.
— O, méchante, moi qui t'adore,
Tu m'as blessé, là, droit au cœur ;
J'en mourrai... — Moi, bien mieux encore
C'est ta faute : tu m'as fait peur.
Ignores-tu que la blessure
Dont tu te plains, ô cher amant,
Me réserve une fin trop sûre ?
Tu m'aimais mal, vois tu... — Comment ?
— Je t'avais donné ma tendresse,
Tu voulais comme un entêté
Me bâtir une forteresse...
« La mort ou bien la liberté ! ?
C'est la devise de l'artiste,
Et de l'abeille, pauvre ami ..
« Aussi de nous aimer c'est triste :

Nous ne le rendons qu'à demi.
Et cela se comprend sans peine :
Nous volons si haut et si bien
Que nous devons craindre la chaîne
Ou de l'amour ou de l'hymen.
Lorsqu'on aime un objet palpable,
Adieu le nuage, adieu l'art...
Et notre esprit est incapable
D'être le captif d'un regard.
Voilà pourquoi moi je trépasse
Auprès de toi que j'ai blessé.
Pardon. Je t'aime et... je suis lasse,
Adieu, mon joli fiancé... »

*
* *

Ils expirèrent à l'aurore,
Payant cher un jour de bonheur.
Le bluet, respirant encore,
La reçut morte sur son cœur !

. . . .

Les ailes et la poésie,
Hommes, ne vous y prenez pas.
L'artiste aime avec frénésie...
Mais pas comme on aime ici-bas...

Paris 11 Janvier 1890

AU VIN DE CHAMPAGNE

I

Boisson délirante, adorée,
Champagne mousseux et si pur,
Qui fais escalader l'azur,
Salut à toi, boisson dorée.
Tu ressuscites, c'est ta loi;
Toi seul divinise la vie,
Au chant ta liqueur nous convie,
Vin d'Epernay, salut à toi !

II

Tu prêtes le rêve aux poètes,
Et le courage aux amoureux,
Au regard l'éclat langoureux
Qui fait tourner toutes les têtes,
Tu mets les cœurs en désarroi,
Les esprits avec toi pétillent,
Les cristaux de fierté scintillent
Quand ils se voient remplis par toi.

III

Tu dissipes douleurs et peines,
Tu nous trempes dans le Léthé,
Et, grâce à ta folle gaité,
Nous renonçons vite à nos haines.
Le ciel te donna cet emploi :
De faire des heureux quand même...
En te buvant on rit, on aime,
Champagne enchanteur, gloire à toi !

IV

On repêche en toi l'espérance
Et notre vague souvenir
Nous laisse croire en l'avenir...
On ne te récolte qu'en France,
Et plus d'un pays en émoi
Champagne, boisson bien aimée,
Est jaloux de ta renommée —
Gloire. gloire, et salut à toi !

V

Champagne, chaud nectar des femmes,
Tu viens te mêler à leur lait,
Et là ton triomphe est complet !
Leur lait pur te glisse en nos âmes.

Le Français, sans savoir pourquoi,
Possède la plus vive Muse —
Dès l'enfance il chante, il amuse...
C'est peut-être encor grâce à toi...

VI

C'est grâce à toi que la patrie
Sourit au travers de ses pleurs —
La joie est au bout des malheurs,
Tu nous le dis, boisson chérie...
On sent tout tressaillir en soi
Quand on succombe à son ivresse,
Et l'on s'écrie avec tendresse:
« Champagne d'or, honneur à toi ! »

Paris 16 Janvier 1890

A Melle L.....

Vous me demandez de ces choses...
Dont on est avare et jaloux :
Des vers !... C'est bien plus que des roses,
Mademoiselle, entendez vous ?

Les roses, çà séduit et charme,
Çà nait et meurt sous un baiser;
Les vers, eux, naissent d'une larme...
J'avais raison de refuser.

Pourtant vous êtes si gentille
Que ma Muse veut l'être aussi —
Votre grand regard qui pétille
N'est pas fait pour être obscurci !

LŒTITA

(A LA MÊME)

Il est sur la côte bretonne...
(Un vrai conte, tant pis pour vous !)
Dans un rocher, une Madone
Que les marins invoquent tous.

Or Lœtita... (comme il résonne
Ce joli nom si peu connu !)
Lœtita, devant la Madone
Mettait le soir son cœur à nu.
Elle avait seize ans. Vive et bonne,
Son âme élargissait ses yeux
Déjà très grands, et la Madone
Aimait ces doux miroirs des cieux...
En son court jupon de cretonne
On la voyait, tout près des flots,
Supplier sa blanche Madone,

De protéger les matelots —
Lorsque la vague qui bougonne
La forçait à prier plus fort
Elle disait : «Chère Madone,
«Faites-moi mourir s'il est mort !»
Le noir Océan qui bouillonne.
Se calmait
— Lœtita sourit
Dés qu'elle implore sa Madone —

Une nuit l'angoisse la prit...
— Sa foi bien souvent l'abandonne
Quand elle est loin du saint rocher ! —
La lune éclairait la Madone...
Lœtita n'osait approcher :
Un monceau de fleurs l'environne,
A ses pieds on prie ardemment —
Qui donc implore la Madone
Et la parc ainsi nuitamment ?
Lœtita de bonheur frissonne,
Un homme s'est soudain dressé :
« Oui, c'est moi ! Gloire à la Madone !
« C'est moi... ton heureux fiancé !! »
Et Jean-Pierre, ravi, lui donne
Un long baiser — Mais Lœtita
Rend ce baiser à la Madone —
Et l'orage alors éclata !

Paris 20 Janvier 1890

A M. M. A

(AUTEUR DE « LA POÉSIE N'EST PAS MORTE »)

Non, vous avez raison, non, elle n'est pas morte !
Ils ont beau la railler, ils ont beau blasphémer,
La Poésie est là, toujours vaillante et forte
Puisqu'il reste des cœurs pour souffrir, pour aimer.

La Poésie... elle est la coupe de nos larmes,
Pas une ne se perd, elle en fait un miroir
Reflétant un sourire, arc-en-ciel plein de charmes
Qui dans les noirs chagrins nous verse un vague espoir.

Oui « tout homme qui souffre et pleure est un poète,
« Chaque larme est un vers, chaque poème un cœur. »
La Muse nous soutient, au combat toujours prête,
Aussi que peut lui faire un vil refrain moqueur ?

Morte la Poésie ? — Oh ! mille fois non !... Morte ?
Vers l'idéal encore elle guide nos pas.
Insensés, ce défi ne la rend que plus forte.
Osez le répéter !... Nous ne vous croyons pas !

Paris, 7 Février 1890.

A M. E. M.

(AUTEUR DE « LE RETOUR DU PRINTEMPS »

Si le bon Dieu met tout en fête,
Si tout s'éveille au mois de mai,
Le poète envoie au poète
Un rayon de son cœur charmé.
Vous faites s'entr'ouvir la rose,
Dans votre « Retour du Printemps »
Et votre gracieuse prose
Vaut les vers les plus éclatants.
L'hiver, le despote si triste
Que vous savez peindre d'un trait,
Révèle une plume d'artiste
Qui glisse vive et sans apprêt.
On respire la violette,
On sourit au frais bouton d'or,
Et l'on assiste à la toilette
Du bourgeon qui frissonne encor.
Le nid, doux mystère de l'âme,

Se laisse déjà pressentir ;
Le soleil attise sa flamme,
On voit les branches se vêtir.
On entend l'aimable roulade
Du rossignol, et le pinson...
La nature longtemps malade
Enfin retrouve sa chanson !

Votre style pur plait et charme ;
On y sent tout vibrer, causer,
On l'arrose avec une larme
On le cueille avec un baiser.

Paris, 7 Février 1890.

AUX SCEPTIQUES

Quand le frais ruisselet qui jase
Fait aux fleurs un beau compliment,
Il faut l'écouter en extase
Et ne pas supposer qu'il ment.

Quand sous la main d'une enfant blonde
On voit l'indigent abrité,
Au lieu de mépriser le monde
Il faut croire à la charité.

Quand le doux oiselet fredonne
Sur la croix des tertres glacés
Il faut qu'on aime et qu'on pardonne
En mémoire des trépassés.

Quand le zéphir, qui caresse
Les branches, nous fait tressaillir,
Il faut se fondre de tendresse
Et ne plus rien savoir haïr.

Quand la rose et le lis sans tache
Consomment leur royal hymen,
Quand le lierre au chêne s'attache...
Nous devons nous tendre la main.

L'existence peut être douce,
Mais nous la gâchons sans remords
Et quand tout sourit et tout pousse,
Nous, nous désirons être morts...

Savoir être heureux, grand problème
Dont nous ne venons pas à bout, —
Ne croire à rien est un blasphème,
Et nous doutons presque de tout.

O doute, cuisante torture,
Poison lent et certain du cœur,
Ton antidote est la nature :
Source suprême du bonheur !

Paris, 10 Mars 1890.

FEUILLES D'OCTOBRE

Lentement... lentement, elles tombent à terre,
Belles et lourdes de regrets —
Sous le pâle soleil ne sachant plus se taire
Elles divulguent maints secrets.

Celle-ci, recourbée en boucle nonchalante,
Raconte le moment béni,
Où sur l'arbre, au printemps, superbe, étincelante,
Elle abritait le premier nid.

Le pied en se posant sur sa frêle dépouille,
La pulvérise en un instant,
Car nul ne reconnait, sous sa couleur de rouille,
La feuille qu'il admirait tant !

Celle-là, jaune, a l'air, dans sa mélancolie,
De rappeler à notre cœur
Le jour où, cher témoin d'un moment de folie,
Elle cachait quelque bonheur...

L'autre, verte jadis, en mourant devient rose,
A l'inverse de l'être humain.
Elle essaie, adorable en sa chute morose,
De sourire sur le chemin.

Ce sourire engoissé de son heure suprême
A l'on ne sait quoi de si doux,
Que de l'amour souffrant on la croirait l'emblème...
Et qu'on tombe presque à genoux.

L'autre, se raidissant comme un oiseau farouche,
Voltige avant de s'abaisser,
Caresse notre front, effleure notre bouche
Et mendie un tardif baiser.

L'autre, noire déjà, dégringole, ironique,
Et ne sait rien dire de bon ;
Près d'elle a dû passer un souffle satanique
Qui l'a transformée en charbon.

La suivant de très près une autre, plus petite,
Se revêt d'un charme touchant...
Confidente discrète, on la sent qui palpite,
Elle module un tendre chant.

Sous l'une on a péché, sous celle-ci peut-être
Un poète a rêvé d'amour —
Car l'arbre le plus beau voit souvent se commettre
Du mal et du bien en un jour.

Toutes, se bousculant, tournent... Et le vertige
Saisit alors le cœur vibrant;
L'âme en quittant le corps, et la feuille sa tige
Ont quelque chose d'aussi grand.

L'une remonte à Dieu, l'autre descend vers l'homme;
Chacune avec autorité,
Demande en se croisant comment l'autre se nomme,
La feuille dit: « Le Temps! » l'âme: « l'Eternité! »

Paris, 21 Octobre 1890.

A Mlle J...

SUR SON ALBUM

Au sein de la forêt profonde,
Loin, bien loin des regards jaloux,
Loin de la ville et loin du monde,
Enfant, je vais penser à vous...

Vous voulez que je vous aligne
Sur cet album de méchants vers ?
J'aimerais mieux vous faire signe
Du fond de ces beaux taillis verts.

Simplement j'aimerais vous dire :
« Venez, regardez, admirez ! »
Le soleil dominant ma lyre,
Chante dans ses rayons dorés...

Ces rayons que l'ombre tamise
Captivent mon âme et mes yeux ;
Ils ont une éloquence exquise...
Ma Muse fera-t-elle mieux ? —

Aussi je contemple en silence ;
Mon cœur vibre pieusement —
Pour nous faire aimer l'existence
Il suffit parfois d'un moment :

Dès que Dieu de sa main puissante,
Jette devant notre regard
Un bout de l'œuvre éblouissante
On croit au beau... on cherche l'Art.

Et chercher l'Art, douce folie !...
C'est rêver la nuit et le jour —
L'Art, c'est le parfum de la vie
Qui n'a qu'un seul rival : l'Amour !

Bourron, Juillet 1897.

A Mlle M.M.

(JEUNE PIANISTE DISTINGUÉE QUI ME DEMANDAIT DES VERS.)

L'eau du ciel tombant goutte à goutte
Ne peut inspirer de gaité ;
Le vent, qu'en frissonnant j'écoute,
Fait battre mon cœur tourmenté.

Tourmenté de quoi ? Le poète,
Se tourmente toujours, hélas !
Un rien le calme, tout l'inquiète —
Douce enfant, ne l'enviez pas.

Gardez votre regard limpide
Qu'aucun souffle impur n'a terni,
Gardez votre beau front sans ride
Que le ciel sans doute a béni.

Votre talent est un poème...
Qu'il ne vous fasse pas souffrir !
Car c'est souvent par ce qu'on aime,
Qu'on souffre, hélas ! sans en mourir.

N'aimez donc pas trop... Sacrilège !
A l'encensoir il faut l'encens,
Aux monts glacés il faut la neige,
Il faut le regret aux absents,

Aux Petits il faut la caresse,
Il faut de la lumière au jour,
A l'artiste il lui faut l'ivresse
De l'Art... au cœur il faut l'amour.

Aimez, pauvre enfant... c'est la vie,
C'est le bien et le mal sacrés.
Si l'amour à pleurer convie
On sourit quelquefois après...

Car il reste une chose sainte
Qu'on doit toujours porter en soi,
Qui change en prière la plainte,
Et ce talisman, c'est la foi.

Onival-sur-Mer, 1897.

A Mme ET M. S.....

Sur la terre tout n'est pas rose,
Ne l'oubliez pas, chers amis.
Pourtant, avec bien peu de chose,
On peut se faire un paradis :

Parfois il ne faut qu'un sourire
Pour éviter un grand malheur,
Souvent, en sachant ne rien dire
On parvient à toucher un cœur.

Mais tout éden réclame l'ange,
Et vous ne serez trés heureux
Que lorsque, roulé dans un lange
Votre enfant ouvrira les yeux.

L'enfant d'un ménage c'est l'âme,
On lui fait toujours bon accueil :
C'est le triomphe de la femme,
Et de son mari c'est l'orgueil.

L'amour alors devient solide
Soutenu par de petits bras !
Un enfant qu'on guide nous guide
Et sait bien nous remettre au pas.

Certes l'un à l'autre il vous lie
Plus encor que le sacrement...
Sa voix parfume notre vie
En bégayant : « Papa ! Maman ! »

Voilà ce que je vous souhaite
Pour que vous soyez bien unis —
Il faut la Muse à tout poète,
Il faut l'oiseau à tous les nids.

Onival 5 Septembre 1897

SUR LA PLAGE D'ONIVAL

Après trois grands jours de tempête
Le décor a changé soudain —
Le ciel a pris un air de fête,
Le pêcheur chante un gai refrain,

La vague qui grondait farouche,
Humble, vient lécher nos pieds nus :
Son doux susurrement nous touche...
Voilà les beaux jours revenus !

La mer dans sa splendeur profonde,
Se revêt de mille couleurs,
Le soleil d'or sourit au monde,
Et vient égayer tous les cœurs.

Blanche, la barque sous la brise
Se balance amoureusement,
Et l'horizon là-bas s'irise...
C'est un divin enchantement!

Bleu de saphir, bleu de turquoise,
Ligne d'or et ligne d'argent,
Tout cela se fond et se croise
Dans un baiser du flot changeant.

. . . .
. . . .

Onival, 7 Septembre 1897.

APRÈS LECTURE D'UN LIVRE INTITULÉ
« APRÈS AMOUR »
DE M. CH. DE R.

Le cœur d'un poète est un gouffre
Dont on ne peut sonder le fond...
S'il aime, s'il rêve, ou s'il souffre
On ne le lit pas sur son front —

Ce front, semblant chercher la nue,
Nous voile avec un soin jaloux
Les secrets de son âme nue
Qui sont des mystères pour nous.

Mais, dans un imprévu délire
On le voit se trahir parfois,
Et l'amour, en brisant sa lyre
Lui donne une nouvelle voix,

Qu'on comprend, hélas ! et qui charme,
Puis qui s'abîme en un sanglot !
Il nous noie avec une larme,
Il nous fait mal avec un mot.

Car sa vie, étant un poème,
Son amour ne peut prendre un corps.
Son luth, broyé par ce qu'il aime,
Ne sait plus lui fournir d'accords...

. . . .
. . . .

Et comme ici-bas tout s'achève,
Même un attachement très fort,
L'artiste regrette son rêve...
Et ne peut être heureux que mort.

Paris, 1er Juin 1898.

CLOCHES DE PAQUES

A MADAME L...

Ding, don ! La cloche sonne !
Son tintement frissonne
Au souffle aérien.
Sa voix grave résonne
Disant : « Ne hais personne ,
Chrétien, aime, pardonne ... »
Ding, don ! Ecoutez bien :

Ding don ! C'est quelque chose
Qui calme et qui repose ;
Tel le soir d'un beau jour.
La paupière mi-close
(Douce métamorphose !)
Nous l'entendons qui cause
La cloche, avec amour.

Comprenez sa parole,
Qui lentement s'envole,
Parole de pardon —
Ding, don ! C'est là son rôle :
Apaiser qui s'affole.
Son timbre pur console,
Dig, din, don ! Dig, din, don !

(*Mis en musique par L. G.*)

Paris, 13 Mars 1899.

NEIGE

Il neige... regardez ! Tout est blanc... blanc... il neige !
Flouc, flouc... les gros flocons ! Ils tombent follement,
Se heurtant dans leur chute — et leur joli manège
Offre aux yeux du poète un spectacle charmant.
Flouc, flouc... cela descend comme un duvet de glace.
Sur la terre l'hermine a jeté son manteau.
Flouc, flouc — oh ! regardez comme cela s'entasse !
Flouc, flouc... il neige... flouc... il neige — que c'est beau
On dirait que dans l'air la farine voltige,
Et cela dégringole, et tout est saupoudré.
Bientôt tant de blancheur nous donne le vertige...
D'un sentiment profond le cœur est pénétré...

. . . .

. . . .

. . . .

. . . .

Qu'un rêve immaculé revête ainsi notre âme,
La gardant toute blanche au milieu des malheurs,
Que le duvet glacé, soudain devenu flamme
Change la neige en pluie et la peine en doux pleurs !

Paris, Mars 1899.

MES BONHEURS

O, mes bonheurs, goûtés sans trêve,
Pâture de mon cœur vibrant,
Bonheurs dont la douceur surprend,
Vous êtes tous éclos d'un rêve —
L'aurore aux reflets irisés
Presque chaque jour vous apporte,
Au soleil vous servez d'escorte,
Car vous naissez sous ses baisers.

L'oiseau, sautant dans la ramure,
Vous jette sur mon front brûlant,
Et le ruisseau, craintif et lent,
Vous amène avec son murmure.
Mes bonheurs... bonheurs trop subtils,
Grands effets de petites causes,
Vous sortez des lèvres des roses
Ou des lys aux riches pistils.

Sur ses ailes la libellule
Vous fait doucement voltiger,
Et le soir vous vient prolonger
Dans un idéal crépuscule.
Puis les heures passent ainsi...
Les astres gravitent dans l'ombre,
Ainsi qu'eux vous êtes sans nombre,
Et peut être immortels aussi...

Quand je chante, dans un poème
Vous venez vous réunir tous,
Bonheurs très purs, bonheurs très fous ;
Je vous entends bruire en moi même...
La nuit vous rend presque infinis,
Vous semant par ses champs d'étoiles...
Vous m'enveloppez de vos voiles,
O mes bonheurs... soyez bénis !

Paris 6 Juin, 1899.

BOUQUET DE LYS

Leur blancheur fait clore les yeux,
Tant elle est sans tache, éclatante,
Et leur parfum délicieux
Donne une ivresse inquiétante.

Chaque branche a l'air d'un foyer
Rassemblant plusieurs boutons chastes...
Bientôt on voit se déployer
Tous ces cornets, rivaux des astres.

Un tas de petits marteaux d'or
S'échappent de leur prison blanche,
Qui blanchit, s'il se peut, encor
Sous cette opulente avalanche.

L'air embaume tout alentour,
On voit s'incliner chaque tige,
Mystérieux filtre d'amour...
Et l'on se sent pris de vertige !!!

Paris, Juin 1889.

L'AMITIÉ

L'amitié comme l'amour tremble...
Honte à celui qui s'y méprend !
A l'amour l'amitié ressemble,
Mais son dévouement est plus grand.

L'amitié comme l'amour rêve,
Et ne vit que de l'être cher —
Elle attend, espère sans trêve,
Et pardonne sans se fâcher.

L'amitié comme l'amour souffre,
Quelquefois plus profondément...
Ainsi que l'amour c'est un gouffre
Où se perd notre esprit dément.

Oui, c'est une douce folie
Dont on ne veut jamais guérir...
Si l'amour trop souvent oublie,
Plus pure elle ne peut mourir.

L'amitié comme l'amour pleure
Des larmes de feu, mais sans fiel.
Rien de bas, de haineux n'effleure
Ce sentiment digne du ciel !

Mieux que l'amour elle console,
L'amitié dont on doute, hélas...
D'un regard ou d'une parole
Elle repose les cœurs las.

La maladie ou la vieillesse,
Ces deux meurtriers de l'amour,
La font redoubler de tendresse.
Elle augmente de jour en jour...

Lorsque l'heure du départ sonne ..
Son œil clair vient nous apaiser.
Quand nous ne voyons plus personne
Nous sentons encor son baiser.

Paris, 21 juin 1899

*
* *

La mer est pleine d'algues vertes,
On l'entend hurler méchamment ;
Les vagues, avec force ouvertes,
Viennent s'écrouler lourdement.

Ce n'est plus la nappe azurée
Des derniers jours si purs, si beaux...
C'est la scélérate exécrée
Qui porte en son flanc des tombeaux.

Les brisants, en flocons de neige,
Se dessinent dans le lointain ;
Les barques (que Dieu les protège !)
Font voile vers le port prochain.

Devant cette immensité grise,
Gigantesque ardoise sans bords,
L'âme d'angoisse se sent prise ;
On frissonne de tout son corps !

Le ciel ne porte point d'orage,
L'océan seul est en courroux —
Il se tord, il mugit, il rage,
Et nous fait tomber à genoux.

Colère que nul ne raisonne,
Qu'on accepte sans blasphémer,
Et qui ne révolte personne,
Car rien ne saurait la calmer.

Terrible, elle éclate sans cause,
Alors que l'on n'y pense pas...
Prompte et triste métamorphose,
Comme il en est tant ici-bas !

Si douce, hier, si belle... gronde
O mer, qui changes en un jour !
Changer, c'est la loi de ce monde,
Hélas !... et celle de l'amour !!

Saint-Denis d'Oléron 28 Août 1899

LES TROIS CHATS DU MOULIN

Trois beaux chats faisaient leur toilette
Ce matin au soleil levant :
Un matou, sa chatte replète,
Et leur petit minet devant.

Dans la lumière qui se lève
Se noyait leur fauve regard —
Ils baillaient, puis lissaient sans trêve
Leur fourrure de part en part.

Ils n'oubliaient pas une soie
De ce joli manteau tigré,
Et semblaient (je veux qu'on me croie !)
Se trouver tous trois à leur gré.

L'enfant arrondissait la patte,
Le père allongeait le museau,
Tandis que la mère, sans hâte,
Inspectait l'une et l'autre peau.

Ils s'entreléchaient chaque oreille,
Avec un soin tendre et jaloux,
Promenant leur langue vermeille
D'un mouvement tranquille et doux

Soudain leur queue est entreprise
(Ah ! cela ne plaisantait pas !)
Leur longue queue au bout qui frise...
Car ce sont de vrais angoras.

En spirales fort gracieuses
Ils la dressaient allègrement,
Et leurs prunelles anxieuses
S'élargissaient énormément —

Ils suivaient cette étrange chose
Qui serpentait tout autour d'eux,
Puis la paupière demi-close
Ils s'en paraient, les orgueilleux !

Tous trois en ombrageant leur tête
Et, sans avoir l'air d'y toucher,
Prenaient une mine coquette,
Continuant à se lécher.

— Les chats ne perdent pas courage ;
Ils passent dans les moindres plis —
Quand fut fini leur long ouvrage
Ils se contemplèrent, ravis...

La chatte, trouvée assez belle,
Reçut un baiser du matou,
Lequel matou, lui, reçut d'elle
Un approbatif miaou.

Près de son père et de sa mère
Le petit faisait son ronron ;
Le nez appuyé sur la terre
Il considérait l'horizon.

Et, dans les immensités bleues
Le soleil montait radieux —
Ses rayons, les chats et leurs queues
M'éblouissaient à qui mieux mieux...

. . . .

Vers ma très rustique chambrette
Je me dirigeai, le cœur las —
Alors, trouvant ma plume prête
Je vous esquissai, mes trois chats.

Saint-Denis d'Oléron, Août 1899.

A Melle G. J.

(EN LUI OFFRANT UN PETIT ALBUM)

Puisse ce tout petit carnet
S'emplir de mille bonnes choses,
Puisse, avant tout, cet an qui nait
Répandre sous vos pas des roses.

Que l'amitié que j'ai pour vous,
Ma mignonne, vous porte chance,
Et que mon long baiser, très doux,
Mette en votre âme l'espérance.

Cette espérance dont je vis
Elle est sœur du bonheur sans doute —
Dieu veuille qu'en nos yeux ravis
Elle se réfléchisse toute.

Espérons, espérons à deux !
Sur mon cœur vibrant je vous presse —
Aimons nous bien — Pour être heureux
Ce qu'il faut c'est de la tendresse !

Paris, 1er Janvier 1900.

A Melle J. B.

Ma Jeanne, je voudrais pour vous
Faire un bouquet de fleurs très rares,
Emplir un coffret de bijoux
A désespérer les avares,
Choisir, parmi de beaux velours
Un tissu qui puisse vous plaire,
Sous des rideaux souples et lourds
Filtrer le jour qui vous éclaire,
Dans un brûle-parfum mêler
Du nard, de l'encens, de la myrrhe,
Faire en vos cheveux ruisseler
Les perles du plus riche empire,
Mettre sous vos pas des tapis
Fabriqués par des mains de fée
Où l'on verrait partout tapis
Anges à mine ébouriffée,

Organiser pour vous exprès
Des concerts aux voix délirantes...
Oui pour vous seule je voudrais
Créer des choses enivrantes...

Le ciel en décide autrement :
Il m'a retiré la richesse —
En revanche, pour mon tourment,
Dans mon âme il mit la tendresse.

Tandis que je cherche alentour
Pour vous envoyer une étrenne
Je ne trouve que de l'amour —
Il faut que votre cœur en prenne...
Prenez en plein, plein, plein, beaucoup...
Je vous ouvre la tirelire,
Amie, et je vous saute au cou
En laissant à vos pieds ma lyre !

Paris, 1er Janvier 1900.

BOULEVARDS PARISIENS

COUPLET

La richesse et la pauvreté
S'y promènent les mains unies ;
Le commerce et l'art à côté
Font des prouesses infinies.
Le progrès y marche bon train...
Tout y scintille et tout y grouille,
Les mœurs y chavirent un brin —
Mais... honni soit qui par trop fouille !

REFRAIN

Vous attirez sages et fous
De tous les points de notre terre,
Chers boulevards, salut à vous,
De Paris vous êtes l'artère ! !

Paris, Octobre 1904.

L'AUTOMNE

Dans le jardin la rose a penché son calice,
Sur sa feuille jaunie une goutte d'eau glisse—
On dirait une larme... et son charme touchant
A ma plume tremblante arrache un faible chant.
La forêt automnale offre encore son ombre,
Mais l'émeraude a fait place aux beaux ors sans nombre,
Le Pactole n'a pas de plus riches trésors...
L'aboi lointain des chiens, le son rare des cors
Accompagnent la chute adorable des feuilles...

Chère Muse, un baiser! Pour peu que que tu le veuilles
Je redeviens poète, et le souffle des bois
Dans mon esprit soudain réveillera des voix,
Des voix qui chanteront toutes en harmonie
L'automne et sa tristesse, et sa grâce infinie!

Et la plaine... ah ! la plaine avec ses champs tout gris,
Où s'abattent là-bas des essaims de perdrix,
Et la colline aussi, de maisons parsemée,
Qui lancent dans les airs des filets de fumée,
Le ruisseau qui murmure avec moins de gaîté
Mais reflète bien mieux le ciel qu'en plein' été,
Les oiseaux émigrants qui traversent l'espace
En un vol très serré... le paysan qui passe...
Le soleil attiédi coulant vers l'horizon —
Tout nous parle en faveur de la pâle saison.

J'aime le son voilé, le ton mourant des choses,
J'aime tes chers accents, tes fascinantes pauses,
O Muse, quand tu viens, là, sur mon front brûlant
Verser ta fraîche haleine et poser ton doigt blanc.
Permets que sur la lyre errent mes mains encore,
Jette un frémissement sur ma lèvre incolore,
Ramène en mon cerveau le trouble de jadis,
Laisse-moi répéter tout ce que tu me dis !

Et le brouillard descend sur toute la campagne,
Dans la brume un coteau devient une montagne —
Tout grandit, puis s'efface...
Tels nos rêves, hélas !

Octobre, c'est le mois favori des cœurs las,
C'est le repos utile à tout excès de vie,
C'est la promesse faite à l'âme inassouvie,
Promesse d'un printemps nouveau... lourd de bonheur :
Ce qu'il faut aux regards, et ce qu'il faut au cœur !!

Paris, Octobre 1904.

BAVARDAGE D'OISEAUX

Un pinson m'a dit l'autre jour :
« Le bonheur ici-bas est court... »
Une fauvette à l'œil mutin
A répliqué d'un ton malin :
« Court, il se peut, mais très, très doux...
« Pinson, vous êtes un jaloux ! »
Le rossignol d'un air léger
Chantait que l'amour peut changer —
Mais le bouvreuil a protesté :
Il croyait à l'éternité !

Une fauvette à l'œil mutin
A répliqué d'un ton malin ;
« Court le bonheur, mais très, très doux...
« Pinson, vous êtes un jaloux ! »

Alors vint le merle moqueur
Qui siffla : « Qu'est-ce que le cœur ? »
— Le cœur ? C'est un divin secret
Répondit le chardonneret.
La mésange, que Dieu bénit,
Dit : « Le mieux de tout c'est le nid ! »

Paris, 1er Mars 1905.

L'ESCARPOLETTE

(GAVOTTE)

Cher marquis, vous souvenez-vous
De ce temps de longue mémoire ?
J'étais fort jeune, et vous fort doux ;
Nous jouions à la balançoire.
Tous deux debout, dans l'air volant,
Nous n'avions qu'une même haleine.
Tout-à-coup je vous vis tremblant...
Alors je ris à gorge pleine.

A mon rire, marquis trop cher,
Vous redevîntes calme et grave :
— Je tremble, dîtes vous très fier
Non pas d'effroi, car je suis brave !

Oh ! comme il battait votre cœur...
... A pleurer je me sentais prête —
Et je mesurais la hauteur
De notre frêle escarpolette.

La terre était loin, près le ciel...
Nous étions seuls, fendant l'espace
(Ceci, c'est confidentiel...
Faut-il, cher marquis, que je passe ?)
Non, mon récit vous rend heureux ?
Le ciel près, tout près... (chose exquise !)
La terre loin... seuls tous les deux...
Je vous promis d'être marquise !!!

Paris Mai 1905.

*
* *

Notre cœur est-il responsable
Toujours de la route qu'il prend ?
Est-ce la faute au grain de sable
Si Dieu fit l'Océan trop grand ?

Et si le grain de sable roule,
De droite et de gauche... affolé,
A qui donc s'en prendre ? — A la houle !
Qu'y peut le beau ciel étoilé ?

Le ciel pur, c'est la conscience,
La houle le destin moqueur,
Le grand Océan la souffrance —
Gardez-vous de juger un cœur !

Paris, 5 Juillet 1905.

A Mlle B...

(QUI M'AVAIT OFFERT UN VOLUME DE SES POÉSIES)

Merci, merci de votre hommage !
J'ai voulu l'ouvrir au hasard
Votre livre — et sur cette page
S'est fixée, distrait, mon regard :

« Les Bagues »... Tout à coup la lyre
Que la Muse mit en vos doigts,
Me charma, je me plus à lire
D'abord bas, puis à haute voix.

On applaudit... et moi, surprise,
J'applaudis alors à mon tour —
Un parfum très doux et qui grise
Sort de ce poème trop court

Elles disent bien d'autres choses
Encore « les Bagues » hélas !
Mais les plus enivrantes roses
Fleurissent au fond du cœur las.

Vous les laissez deviner toutes
Ces choses que vous nous taisez,
Comme on sent, au travers des gouttes
Venant des yeux, de longs baisers.

Ce qui reste au bout de la rime,
Ce qui fait que *poète* on est,
C'est... l'infini que rien n'exprime,
Et que, *poète*, on reconnaît.

Bravo ! Je salue avec joie
L'esprit qui vient sur mon chemin,
Rayon pur que le ciel m'envoie,
Et ma main attend votre main.

Paris, 6 Février 1906.

*
* *

Sous l'azur, sous l'azur sans tache,
Où chaque astre d'or se détache,
Tout être ici-bas a sa tâche —
Ne sois pas lâche.

Du diamant sort le charbon,
Du péché naquit le pardon,
Dans tout mal le ciel mit un don,
Sois toujours bon.

L'indifférence, le mensonge...
Cela torture, cela ronge,
Mais ce n'est qu'un fugitif songe —
Passe l'éponge.

Ne maudis jamais le méchant,
Résiste à tout mauvais penchant,
Au vice, avec un soin touchant,
Oppose un chant.

Chanter, c'est parfumer la vie;
La haine fond dans l'harmonie;
Chanter, c'est chasser la folie —
Pardonne, oublie !

Marche toujours du même pas,
Entends ce qu'on te dit tout bas,
Sois discret jusques au trépas;
Ne trahis pas.

Respecte la divine flamme
Que porte chacun, homme ou femme,
Et garde, exempte de tout blâme,
Garde ton âme.

Si pourtant, malgré cette loi,
Un moment tu perdais la foi...
Ou péchais, sans savoir pourquoi...
Ah ! repens-toi !

Ne redoute pas l'anathème,
Ne te condamne pas toi-même ;
Le repentir est un baptême —
Pleure, espère, aime !

Et puis, ballotté, d'heurts en heurts,
Sans souci des rires moqueurs,
Cœur meurtri, va, de cœurs en cœurs...
Et, brave, meurs !

. . . .

10 Mars 1906, Paris.

*
* *

La mer approche, grave et lente,
Dans un reflet diamanté.
J'aime son allure troublante —
Par ce soir, ce beau soir d'été.

Elle arrive pour fuir encore...
Tel le bonheur qu'on veut saisir.
Et son beau flanc multicolore
Recèle un immortel désir.

De même l'âme du poète
Vient, puis s'en va d'un pas dément,
Cherchant la tendresse parfaite,
Et leurrée éternellement !

12 Août 1906, sur la plage de Fouras.

AVANT UNE QUÊTE

(AU PROFIT DES INONDÉS DE 1910)

Vous tous qu'un même esprit anime :
Assister des frères souffrants —
Vous auriez une joie intime
A lire dans leurs cœurs vibrants.

C'est un vieillard qui balbutie
Un remerciement tout confus,
C'est une famille transie
Que la bise ne mordra plus...

Son toit on pourra le remettre
Sur les murs par les eaux léchés,
Et l'espérance va renaître
Sur tous ces tristes fronts penchés —

C'est l'enfant, que le flot stupide
Avait privé de son berceau,
Qui fermera son œil limpide
Dans un nid moëlleux nouveau.

C'est une mère presque folle
Qui, voyant ses Petits joyeux,
Aura retrouvé la parole
Et vous bénira de son mieux...

Si le sinistre s'atténue
Le malheur reste à réparer :
Il faut à la demeure nue
Une lampe pour l'éclairer,

Il faut du bon pain dans la huche,
Du linge aux placards démolis,
L'âtre humide veut une bûche,
Il faut des draps blancs dans les lits,

Il faut au bébé qui frissonne
Du lait chaud... vous le comprenez —
Tout ce qu'il faut, on le soupçonne
Aisément... oh ! donnez, donnez —

Riches, donnez, sans qu'on le compte
Cet argent, si puissant, hélas !
Et vous, pauvres, donnez sans honte,
Donnez et votre âme et vos bras.

Oui, donnons ! Chacun sur la terre
Possède un bien à partager,
Et l'on ne comprend ce mystère
Que devant un commun danger.

Donnons ! Soulageons la souffrance ;
Du fléau soyons les vainqueurs
Et montrons que dans notre France
S'unissent des milliers de cœurs ! !

Paris, 15 Février 1910.

LE PROGRÈS.

Le progrés... qu'est cela?... De grandes découvertes,
Des phares aux lueurs rouges, blafardes, vertes,
Nous montrant l'Océan sans borne de l'esprit,
Où le savant s'égare, où le sage périt...

A quoi bon savoir tant, chétive créature ?
Pourquoi vouloir régner sur toute la nature ?
Toi, qui reçus un cœur vibrant pour adorer
Sache qu'il est parfois utile d'ignorer !
Trop chercher c'est risquer de trouver peu de chose,
Et l'on voit très souvent cette métamorphose :
La science devenir soudain obscurité
Et laisser le chercheur dans le vide arrêté —
La folie en a fait plus d'une fois sa proie ;
Car, s'il faut qu'on raisonne, il faut aussi qu'on croie :

Tout prouvé plus de foi, plus d'espoir, plus d'amour

L'homme serait le roi du soleil et du jour
Du soir et de la nuit, du ciel et de la terre ?
Il saurait, sans effort, comprimer un cratère,
Dominer l'ouragan, et commander aux eaux !...

Mais, l'homme n'est, hélas ! (faible entre les roseaux)
Que l'être qui reçut cet avantage insigne
De reconnaître un Maître et de s'en montrer digne
En retenant ces mots, écrits en traits de feu :

« Tu peux être très bon, très noble... jamais Dieu !
« La science, en t'ouvrant un horizon immense,
« Te mène au doute affreux, sinon à la démence.
« Le moderne progrès qui peut certes charmer,
« Ne vaut pas, crois le bien, le vieux bonheur d'aimer.

23 Février 1911 Paris

VISITE A LA CATHÉDRALE DE ...

Devant cette œuvre grandiose,
Indescriptible apothéose
Du Dieu qui créa toute chose,
On sent une métamorphose
En soi s'opérer — et l'on n'ose
Formuler la pensée éclose
Dans ce grand calme qui repose.

Le cœur s'élève lentement,
Quittant tout terrestre tourment
Et... sous l'essaim pur et charmant
Des colonnes qu'au firmament
Fit monter, on ne sait comment
Le génie humain... un moment
L'âme ne croit plus que tout ment.

Cet éloquent hymne de pierre
Fait jaillir soudain la prière,
Et sur notre lourde paupière,
Des vitraux, tombe une lumière
De prisme qui nous dit : « Espère !
Tu vois ce que l'homme peut faire
Inspiré d'en haut ? » — « Notre Père...

Qui êtes aux cieux... » Le bourdon
Soudain file un étrange son —
Qu'est la souffrance ? l'abandon ?
Le monde n'est qu'une prison...
L'art reste grand, Dieu reste bon...
Ce temple efface Parthénon —
Sa cloche dit : « Amour ! Pardon !!! »

Mars 1911.

CLAIR DE LUNE

La lune d'argent,
D'un air négligent,
Sur le ciel changeant,
La nuit se promène —
Tandis que, songeant,
Je m'en vais, longeant,
Les eaux soulageant
Mon horrible peine.

Je distingue au fond
Où tout se confond,
En penchant mon front,
Le ballon qui tremble —
Rien ne le corrompt
Ce beau disque blond...
L'onde qui le rompt
Le remet ensemble !

Il se brise un peu,
Semble dire adieu,
Mais, comblant mon vœu,
Le flot le réforme.
Car la main de Dieu,
Sous le voile bleu,
Par quelque cheveu,
Tient cet astre énorme.

Sa douce clarté,
Dans les soirs d'été,
A souvent jeté
Un peu d'espérance.
Le chemin lacté
Qui glisse à côté,
De l'être agité
Calme la souffrance.

Et des rayons blancs,
Aux reflets troublants,
Qui tombent très lents,
Accordent ma lyre,
Et des mots tremblants
Magiques, brûlants,
Tous étincelants,
Peuplent mon délire.

On croirait, là-haut,
Grâce au pur flambeau,
Si large et si beau,
Voir des champs de roses...
Et, dans mon cerveau,
L'ombre du tombeau
Fait place à nouveau
Aux plus riches choses !

. . . .
. . . .

Erfurt. 23 Juin 1911.

BALLADE DES « PAPILLONS NOIRS »

A M. S.

Papillons noirs, enfuyez-vous !
C'est ma Muse qui vous l'ordonne.
Papillons noirs, papillons fous,
Cet ordre rimé vous étonne ?
Mais, sans que nul ne vous soupçonne
D'obéir, ô chers insoumis,
Partez dans un souffle d'Automne,
Et laissez en paix nos amis.

Nos amis c'est bien plus que nous...
Triste essaim qui les environne,
Envolez-vous plus loin... tous, tous...
Papillons, et je vous pardonne,
Et je ne veux dire à personne
Que parfois vous vous êtes mis
Sur mon cœur qui toujours frissonne...
Ah ! n'oppressez pas nos amis.

Soyez pitoyables et doux,
Vous qui faites qu'on déraisonne,
Papillons noirs, enfoncez-vous
Dans les cieux qu'un brouillard sillonne ;
Vous voyez, ma lyre résonne,
Tous les désirs lui sont permis !
Papillons à la voix bougonne,
Ne tourmentez pas nos amis !

ENVOI

« Prince... » Si la ballade est bonne
Pour les princes, il est admis,
N'en connaissant pas, qu'on la donne
A l'un de ses meilleurs amis.

Paris. 12 Novembre 1912,

LENDEMAIN DE TOUSSAINT

Les yeux chers, les chers yeux fermés,
Comme ils regardent dans notre âme !...
Et les noms de nos bien-aimés
S'y lisent en longs traits de flamme.

Ce jour qu'on réserve aux défunts
Est d'une tristesse sereine.
Et, des fleurs, montent des parfums
Rendant plus douce notre peine.

Du silence froid des tombeaux
On dirait qu'un concert s'élève —
Des accents étrangement beaux,
Emplissent soudain notre rêve !

La mère parle à son enfant,
Le fils qu'on regrette à son père.
Et l'amour, l'amour triomphant,
Dit à chacun de nous ! « Espère !

« Nous vivons éternellement,
« Nous vous chérissons dans l'espace —
« La mort n'est qu'un mot, mot qui ment...
« Tout, tout renaît — rien, rien ne passe

« Il renaît le rire perlé
« De ceux qui furent notre joie —
« Sous le vaste ciel constellé
« Du froid néant nul n'est la proie ! »

. . . .
. . . .

Les cœurs qui battirent pour nous
Se reposent pour battre encore,
Sur eux fléchissons les genoux
En attendant « l'immense aurore ! »

Séchons nos pleurs. Bruns, noirs, gris, bleus,
(O bonheur sans fin ! ô prodige !)
Ils se rouvriront les chers yeux,
Tous, ils se rouvriront, vous dis-je !

Paris, novembre 1912.

LE SOUVENIR

Oh ! le souvenir dont l'âme s'abreuve...
Souvenir cruel, ou souvenir doux...
Il nous met aux yeux une larme neuve,
Et vient réveiller le meilleur de nous :

Ce que l'on pensait depuis des années
A jamais enfoui comme en un tombeau —
Nos illusions, lentement fanées,
Grâce au souvenir, reviennent sur l'eau ;

Nous les revivons — Tout cela surnage...
Car le doigt du temps n'en a rien terni,
Et le souvenir, ce pieux mirage,
Nous fait croire encor que rien n'est fini.

Rien ! Les rêves tous, la foi, la tendresse,
Le pardon des maux que l'on a soufferts —
D'un coup tout cela devant nous se dresse !
Tout est éternel — tout dans l'univers.

La mort n'est qu'un mot que la lèvre épelle,
Car tout se transforme et renaît sans fin —
Et le souvenir, agitant son aile,
Nous crie, éperdu, ce secret divin !

« Afin que le cœur de nouveau palpite
« Je retourne en lui le glaive acéré —
« Ainsi que le sol, pour qu'il ressuscite,
« Il faut que souvent il soit labouré ! »

Paris, 17 mars 1913.

LE CERCLE D'OR

(ALLIANCE)

Le double cercle d'or, que vous m'avez donné,
Ne forme qu'un anneau s'entr'ouvrant avec peine, —
A le disjoindre en vain plus d'un s'est acharné,
Nous en avons jadis trop bien rivé la chaîne.

Il ne peut se briser ainsi qu'un brin de laine, —
Si votre amour, hélas ! s'est à jamais fané,
Le double cercle d'or que vous m'avez donné
Ne forme qu'un anneau s'entr'ouvrant avec peine.

Quand tout sera fini : tendresse, douleur, haine ;
Que mon cœur immobile aura tout pardonné,
Quand de la mort sur nous aura passé l'haleine,
Je veux qu'il brille encore à mon doigt décharné
Le double cercle d'or que vous m'avez donné.

Août 1913, St-Quay.

AUX ÉTOILES DE 1916

Mes regards obscurcis vous contemplent, étoiles
Si paisibles là-haut... quand le sang coule à flots !
Avez-vous sur le monde étendu tant de voiles
Que vous n'entendez pas le bruit de nos sanglots ?

Avez-vous aux cieux purs dérobé ce spectacle
De frères s'égorgeant sans trêve, sans merci,
Pour qu'ils restent si clairs ?... Dites, par quel miracle
Pouvez-vous sur ce globe étinceler ainsi ?

Quoi donc ! briller toujours si calmes et si douces
Quand un vent de démence ébranle les esprits ?
Quand la voix du canon en horribles secousses
Vient heurter les échos qui poussent de longs cris ?

Etoiles, expliquez-moi cet étonnant mystère :
Votre beauté prenant un charme encor plus grand ?
. . . .
Je comprends ! Nos blessés, renversés sur la terre,
Cherchent votre lueur, astres chers, en mourant.

Et, pour remplir ces yeux que la mort effarouche,
Votre clarté redouble en reflets irisés...
Un sourire interrompt le râle de leur bouche,
Car vous versez sur eux de sublimes baisers !

Puisque l'homme n'a pas de pitié dans son âme
Il faut bien que chaque astre en ait un peu pour lui ;
Quand il a tout éteint... il faut bien qu'une flamme
Tombe du ciel... Voilà pourquoi l'étoile luit.

L'orphelin à genoux qui, sans comprendre, pleure,
La femme qui gémit, la mère... oh ! désespoir !
. . . .
Etoiles, cierges d'or, brillez, brillez c'est l'heure —
Parlez à tous, parlez de l'infini revoir !

Oui, nous les reverrons, eux tous qu'on nous arrache.
Les constellations, dans leur sérénité,
Nous montrent ce que tant de rage folle cache,
Ce que rien ne saura vaincre : l'Eternité !!!
. . . .

Fin Juillet 1916, Villaria.

RÊVE...

La Grèce était pour moi jadis
Comme un astre dans un nuage...
Inaccessible paradis —
Me faisant l'effet d'un mirage.

Aujourd'hui la Grèce est pour moi
Un lieu de ténèbres... un gouffre,
Objet d'épouvante et d'effroi
Où l'on tue, on meurt et l'on souffre...

Dieux, qui l'habitâtes un jour
Ne frissonnez-vous pas de honte ?
La haine a remplacé l'amour —
Et la rougeur au front nous monte :

Des frères s'égorgeant entre eux
Dans une innommable demence...
Vous hurlez de douleur, ô dieux,
Sans empêcher ce crime immense ?

L'Olympe s'emplit de sanglots,
Le canon assourdit la terre,
Le meurtre règne sur les flots,
Dans les airs, partout... noir mystère !

Vieux Jupiter, Mars, Junon
Avez-vous perdu tout empire :
Etes-vous immortels... ou non
Pour ne pas dompter ce vampire :

« La guerre... hydre aux têtes sans fin
« Devant qui la raison recule ? »
N'est-il plus de pouvoir divin
Pour créer un nouvel Hercule ?

Faut-il que ce pays si beau,
Qui nourrit de son lait le monde,
Ne soit qu'un horrible tombeau ?
Que le sang des peuples s'y fonde ?

Et verra-t-on (prodige fou !)
Le berceau devenir la bière ??
Où sont-ils donc les grands dieux ? où ?
Pour permettre une telle guerre ???

. . . .
. . . .

Paris, 26 Octobre 1916.

A Mlle E. E.

(Violoniste)

Vous voulez des vers, dites vous ?
Ou vous me sevrez de musique ?
Savez vous bien que c'est inique ?
Votre violon est si doux...

Ma Muse en l'écoutant palpite —
Et vous voudriez m'en priver ?
Avant d'écrire il faut rêver —
Pour que je rêve jouez vite.

Jouez, sans plus rien réclamer ;
Jouez toujours, jouez vous dis-je,
Mon cœur déjà cède au vertige...
Ne cessez pas de me charmer !

Et bientôt vous verrez (peut-être ?)...
Oui, vous verrez l'instrument d'or
Entre mes doigts briller encor.
Car l'Art de l'Art est le seul maître.

Jouez, chantez de mieux en mieux,
Artiste qui venez d'éclore —
Pour rendre mon bravo sonore
J'ai repris la langue des dieux!

Paris.

MON CHAT

(A RABY)

Mon chat aux prunelles d'or
Dort ;
Sa poitrine se soulève
Rêve :

Peut-être il poursuit des rats
Gras ?
Et la souris dans ce songe
Ronge...

Il écoute et fait ronron
Bon !
Son cœur endormi palpite,
Vite.

Son sommeil est agité
Eh !
Ce n'est rien. Sa tête grise,
Mise

Sous sa patte l'on croit bien
(Hein ?)
Qu'il renonce à toute chasse...
Place !!!

Il bondit sur un jarret,
Prêt...
Car il dormait en gendarme —
Arme !

Et soudain griffes et dents
Dans
Une imperceptible proie,
(Joie !)

S'enfoncent... Faisant un saut,
Haut,
Mon chat pendant que je rime
(Crime !)

Attrape... une mouche en l'air,
Clair —
Son œil, pénétrante vrille,
Brille.

L'animal, en conquérant,
Grand,
S'étend sur moi comme un tigre.
(Bigre !)

Voyez son beau geste las
(... Las !)

. . . .

Mon chat, si cruel, quand même
M'aime !!!

Villaria, 19 Août 1920.

SILENCE

Silence du regard et des lêvres, silence,
O sois béni, béni, béni !
Car tout amour, en toi, qui vers le ciel s'élance
Est infini !

Tréveneuc, 16 Août 1924.

*
* *

Laisse tes yeux se repaître
Des flots vivants et diaprés —
Tableau signé du grand Maitre —
Tu les décriras après.

Laisse ton oreille ouverte
Aux accords vibrants et doux
D'un vague chant d'algue verte,
Ecoute... et tombe à genoux !

Comprends la foi que renferme
Ce livre que Dieu te tend..
Sans commencement, ni terme —
Epèle... il t'apprendra tant !

Peinture, sons purs, poême,
Tout est là... tout à la fois !
Silence !... La Muse même
Se voile — Prie, aime et crois !

Tréveneuc ,16 Août 1928.

LE CRAPAUD

(PROMENADE AU CLAIR DE LUNE)

— A Mlle G. B. —

Œil voilé, pattes écartées
Il est au milieu du chemin —
Et nous nous sommes rejetées
De coté, nous serrant la main

. . . .

Connaît-elle, la triste bête
Que chacun hait, que chacun fuit,
Sa hideur ?... Relevant la tête,
Elle ne sort que dans la nuit.

Et, rampante, humble, inoffensive,
Elle avance craintivement,
Par bonds discrets — grave, pensive...
Me fixant attentivement.

Ce regard que peut-il bien dire
Ce long regard du réprouvé ?
Et devant le vague martyre
De cet être abject, j'ai rêvé..,

Celui qui pétrit tant de choses
Si riches permit la laideur !
Pourquoi ce crapaud près des roses,
Qui les contemple avec ardeur ?

Saurait-il, vile créature,
Corps visqueux, sombre et contrefait,
Qu'écrase un pied, une voiture,
Comparer tout ce qui fut fait ?

Que de tristesse en cette forme
Gluante, à l'aspect dégoûtant !
Il roule dans l'ornière énorme...
C'est Dieu qui le créa pourtant !

Un monstre est sacré lorsqu'il pleure ;
Et, dans l'œil du pauvre animal,
J'ai cru voir passer tout à l'heure
Une angoisse qui m'a fait mal.

Etre affreux à ce point (oh ! rage !)
Eclairé par les astres d'or
Si beaux... Quel sublime courage
Il faut pour pouvoir vivre encor !

Et, morne, le gros crapaud, have,
Sur cette route au blanc reflet
Glisse, las, malheureux, il bave...
Pourquoi donc seul est-il si laid ?

Oui, pourquoi, pourquoi sur la terre
Tant d'obscurité ? — Ah ! pourquoi
Maudit-on le crapaud ? — Mystère !
L'injustice devient la loi...

. . . .
. . . .

Le pauvre, l'humble qui supporte,
Ici-bas est de même honni.
Mais pour qui sait souffrir, qu'importe ?
Homme ou crapaud, il est béni.

Tréveneuc, 19 Août 1924.

A LA CHINOISE D'UNE POTICHE ANCIENNE

Mes grands yeux d'enfant t'ont fixée,
Chinoise, qui rêves toujours,
Et ma vie est presque passée...
Plus d'illusion, plus d'amours !

Pourtant, sans que j'y prenne garde,
Mon sein palpite étrangement,
Chinoise, quand je te regarde
Poursuivre ton rêve charmant.

Ta main s'évade de la manche
Large, agitant un éventail,
Et ton front pudique se penche...
Il ne m'échappe aucun détail.

Car ce qu'on observe au jeune âge
Reste bien gravé dans l'esprit !
Tu me semblais un personnage !
Ma bouche, aujourd'hui, te sourit.

Et tu me parles des chers êtres
Qui sont disparus à jamais
Des sapins, des bouleaux, des hêtres
Que dans ce beau temps là j'aimais.

Alors mon âme s'ouvre toute —
Je les retrouve en te voyant,
Et je sens tomber goutte à goutte
De la joie en mon cœur croyant.

Non, l'illusion n'est pas morte...
Et c'est à toi que je le dois —
Ton regard fuyant la rapporte,
Chinoise bizarre, aux longs doigts...

. . . .

24 Mars 1925, Paris.

*
* *

O vents tumultueux, image de mon âme.
Tous ces flots démontés, où les emportez-vous?
Où va se dénouer l'épouvantable drame
Que promet aux mortels votre verbe en courroux ?

Vos sourds gémissements ont une angoisse folle.
Qui vous a révoltés, groupés, exaspérés ?
Vous grondez, lourdement déchaînés... Seul Eole,
Qui vous gouverne tous, peut dire où vous irez.

Vous passez près de nous, comme un grand sonffle immense
Echappé tout à coup du sein profond des mers,
Votre cri de fureur s'éteint, puis recommence,
Semblant vous exciter à saper l'univers.

Sapez vite nos jours, sapez triste avalanche,
Nous avons trop souffert, hélas! pour avoir peur.
Au naufragé parfois vous laissez une planche,
A celui qui sanglote, ô vents, laissez un cœur.

Ce cœur et cette planche auront un même rôle:
Ils sauveront tous deux un être de la mort:
Avec un appui frêle, avec une parole,
L'un conduit à l'amour, l'autre conduit au port !

Saint-Denis d'Oléron.

TABLE DES MATIERES

Achevé d'imprimer

pour les Editions " LES GÉMEAUX "

le 15 Mai mil neuf cent vingt-neuf

par

L'IMPRIMERIE ARTISTIQUE DE L'OUEST

5, Rue Yvers, Niort

EXTRAIT DU CATALOGUE

POÈTES CONTEMPORAINS

ANDRÉ ROMANE :

Les Pipeaux du Faune. **Prix Jacques Normand.**

Les Délassements Amoureux. **Prix Fouraignan.**

Raisons de Vivre. **Prix Catulle Mendès 1928.**

B. GALERON DE CALONNE :

Dans ma Nuit. (4e édition) **Ouvrage couronné par l'Académie Française.**

GENEVIÈVE DUHAMELET :

Pour l'Amour de l'Amour. **Prix Jacques Normand.**

JOSEPH-EMILE POIRIER :

Plus haut que soi-même. **Ouvrage couronné par l'Académie Française.**

JEAN RENOUARD :

Aube et Crépuscule. **Ouvrage couronné par l'Académie Française**

JACQUES GAUSSERON :

Les chants de la Mer. **Ouvrage couronné par l'Académie Française.**

EMILE MOUSSAT :

Sous le Ciel d'Allemagne. **Prix Sully-Prudhomme.**

EDOUARD HANNECART :

Les Heures Immortelles. **Ouvrage couronné par l'Académie Française.**

GAUTHIE-FERRIÈRES :

Le Miroir Brisé. **Prix Spiritualiste**

JEAN GOLAY :

Rimes de Jeunesse.

MARC-ANDRÉ FABRE :

Le Manteau Partagé.

JEAN DE FOVILLE :

Les Cyprès.

ANTOINE DE COURSON :

Parmi les feuilles mortes.

MARCEL DUMENGER :

Le sang de l'Ame

JEAN LE LEC :

La Messe du soir

CHRISTIANE DE THRACY :

Marquis et Marquise

Poésies diverses.

CAMILLE BRUNO :

Tambours voilés.

HENRY D'YVIGNAC :

Nous deux.

MAURICE VALETTE :

Le Coffret aux clous d'or. **Prix J. Normand.**

Le Nid du Toit. **Ouvrage couronné par l'Académie Française**

La Flûte de Roseau.

Compte de Chèques postaux : 443-44, Paris (d'Yvignac)

www.ingramcontent.com/pod-product-compliance
Lightning Source LLC
LaVergne TN
LVHW020316230826
846091LV00003B/691